समसामयिक काव्य

(काव्य संग्रह)

डॉ. हरविन्दर सिंह बक्शी

PG
PUBLICATION

दिल्ली-110089, (भारत)

संस्करण : 2020
ISBN : 9788194461050

प्रखर गूँज पब्लिकेशन
एच-3/2, सेक्टर-18, रोहिणी, दिल्ली-110089
दूरभाष : **011-27851059 , 7982710571, 7838505899**

प्रथम संस्करण : 2020

आवरण : दुर्गाप्रसाद

समसामयिक काव्य

By Dr. Harvinder Singh Bakshi

Published by
PRAKHAR GOONJ PUBLICATION
Delhi-110089
E-mail : prakhargoonj@gmail.com
sinha.neelu123@gmail.com
011-27851059, 7982710571, 7838505899

समर्पण

यह पुस्तक मेरी पत्नी श्रीमती दुर्गेश बक्शी, एडवोकेट मैडियेटर तथा उन सभी को समर्पित है जो समाज में सकारात्मक बदलाव के लिए निरन्तर प्रयत्नशील हैं।

डॉ. हरविन्दर सिंह बक्शी

प्राक्कथन

विलियम वड्र्सवर्थ का कथन है कि कविता जोरदार भावनाओं की सहज और स्वतःस्फूर्त उदगार होती है। जब कुछ अन्तर्मन की गहराइयों को छू जाता है तो मेरा प्रयास होता है कि अपने विचारों को सरस, सार्थक एवं सशक्त रूप से व्यक्त करूँ।

"समसामयिक काव्य" पिछले आठ-नौ वर्षों की काल-अवधि में मुख्य समसामयिक तथा अन्य विषयों के संदर्भ में मेरी अनुभूतियों और संवेदनाओं को दर्शाती कविताओं का संग्रह है। साहित्य समाज का दर्पण होता है और कवि से अपेक्षा होती है कि वह अपने युग की सकारात्मक उपलब्धियों और विशेषताओं का काव्य के माध्यम से प्रतिबिम्बित करने के साथ-साथ विसंगतियों और विकृतियों का भी बोध कराये ताकि समाज सुधार के पथ पर अग्रसर हो। "समसामयिक काव्य" में मैंने कुछ इसी प्रकार का प्रयास किया है। इस संग्रह में सम्मिलित कविताएँ विविध विषयों जैसे वातावरण-प्रदूषण, नारी-उत्पीड़न, राजनीति, धर्म, घोटाले, तथा मानवीय भावनाओं के सम्बंध में है। हास्य व व्यंग्य से मैंने कविता संकलन में गम्भीरता को गुदगुदाने की कोशिश की हैं।

इस पुस्तक के प्रकाशन के लिए मैं श्रीमती नीलू सिन्हा, प्रमुख संपादक, प्रखर गूंज प्रकाशन को हार्दिक धन्यवाद देता हूँ।

आशा है कि हिन्दी कविता के प्रति जिज्ञासा भाव रखने वाले पाठकों को यह पुस्तक पसन्द आयेगी।

-डॉ. हरविन्दर सिंह बक्शी

मौलिक लेखन की रौशनी

डॉ. हरविन्दर सिंह बक्शी जी की पाण्डुलिपि 'समसामयिक काव्य' देखी। आद्योपांत दृष्टिपात करने के बाद मैं इस निष्कर्ष पर पहुंचा हूं कि बक्शी जी के भीतर एक जागरुक नागरिक विद्यमान है जो समाज में व्याप्त विसंगति, विद्रुपता और विकृतियों से आहत तो है किन्तु उसके भीतर आशावादिता का दीपक भी प्रकाशित है जहां उम्मीद की किरणों को प्रकाशपुंज बनाने की ललक है।

प्रकृति, समाज, रिश्ते, समृद्धि, प्रेम, इन्सानियत व धर्म के वातायनों से इनके मौलिक लेखन की रौशनी पृष्ठ दर पृष्ठ दिखती है।

बक्शी जी ने इस पुस्तक में व्याकरणीय बेड़ियों को तोड़कर अभिव्यक्ति को सरल मार्ग से सम्प्रेषित किया है। सामाजिक, धार्मिक व राजनैतिक भाव भूमि पर इन्होंने लेखनी का हल चलाया है और इच्छित फसल भी प्राप्त की है। बक्शी जी की लेखनी को बधाई देते हुए इस पुस्तक की लोकप्रियता की कामना करता हूँ।

–उदय प्रताप सिंह

पूर्व सांसद लोक सभा एवं राज्य सभा
पूर्व का. अध्यक्ष उ.प्र. हिन्दी संस्थान
एल्डिको ग्रीनवुड
गोमती नगर
लखनऊ, उत्तर प्रदेश

क्रम तालिका

नोटबंदी और प्रेम-एक हास्य रचना

वियोग में विकल प्रेमिका ने होकर हताश,
चुभते शब्दों में निकाली मन की भड़ास।

"न जिम आते हो, न घर आते हो,
तुम क्यूँ मुझे इतना सताते हो!

क्या कम हो गया है तुम्हारा प्यार!
या किसी बाला से हो गई हैं अखियाँ चार!

क्यूँ मैं तुम्हे लगने लगी हूँ भार?
बहुत दिनों से तो माँगा भी नहीं उपहार।

लगता है तुम्हारी नीयत में आ गया है खोट,
लगने लगी हूँ मैं तुम्हें हज़ार का नोट !"

प्रेमी बोला, "तुम्हारी आशंकाएँ हैं निराधार,
यथापूर्वक ही मैं करता हूँ तुमसे प्यार।

तुम्हारे ही सुर-ताल पर मैं करता हूँ नर्तन,
नही है आया मुझ में कोई भी परिवर्तन।

आजकल मै रहता हूँ त्रस्त,
एक बड़े दुष्कर कार्य में हूँ व्यस्त।

इन दिनो सुबह जल्दी ही उठ जाता हूँ,
तज कर जिम का मोह, बैंक की लाईन में लग जाता हूँ।

थोड़ी ही देर बाद सुबह उठना व्यर्थ हो जाता है,
मेरा नम्बर आते - आते कैश खत्म हो जाता है।

गालिब ने कहा था इश्क के सिवा और भी है गम ज़माने में।
मुझे लगता है सबसे बड़ा गम है बिना कैश घर लौट आने में।

दफतर से छुट्टियाँ ले ले कर हो गया है छुट्टियों का अन्त,
हिमालय से अभी बड़ी समस्या अभी भी खड़ी है ज्वलंत।

डरता हूँ तुम्हारे समक्ष कैसे जा पाऊँगा !
यदि तुमने मांगा कैश, तो मैं कहाँ से लाऊँगा।

पर धैर्य रखो! अब अच्छे दिन और अच्छे हो जाएँगे,
कुछ दिन आमजन रहेंगे परेशान, पर काले धनवान मिट जाएँगे।

बिछोह से प्रेम कम नही होता,
अलगाव का अर्थ अंत नही होता।''

"मी टू"

सुहानी सुबह में "मी टू" की सुरीली आवाज दी सुनाई,
चौंक कर कवि की पत्नी ने तुरन्त छोड़ी चारपाई।

सोचा "देखू कौन शोषित नारी है आई,
लगता है पति की मुसीबत की घड़ी आई।"

बाहर था सन्नाटा छाया, नहीं लगता था कोई आया,
शायद मन का भ्रम था जिसने था उसे डराया।

हम अन्तर्मन में विचारों का ताना-बाना हैं बुनते,
कभी-कभी उन विचारों की मूक प्रतिध्वनि हैं सुनते।

एक बार फिर "मी टू" "मी टू" की आवाज आई,
पत्नी ने खोजी नजरें चारों ओर दौड़ाई।

देखा कोने में एक तोता तोती से कर रहा था किल्लोल,
बीच-बीच में रहा था "मी टू" "मी टू" बोल।

क्या पता था उसे कि "मी टू" का अर्थ है हल्ला बोल,
खोल रहा है आज जो बड़ो-बड़ो की पोल।

अचानक पत्नी को आया ध्यान,
व्यर्थ हो रही वह परेशान।

"मी टू" तो सत्तावान और धनवान का होता है,
साधारण कवि तो एक निरीह जीव होता है।

अधिकार की अति से आ सकता है पुरुष में दोष,
'मी' 'टू' में झलकता जागती नारी का उचित रोष।

"मी टू" एक हथियार है, नारी जरूर चलाये,
पर हम देखें किसी निरापराध को ना चोट लग जाये।

आधार

(हास्य रचना)

यमराज के क्रोध का नहीं रहा कोई पारावार,
बिन प्राणी लिए लौटा था यमदूत पहली बार।

बोले, "चकित हूँ चित्रगुप्त जी! नहीं है ऐसे आचरण का इतिहास,
प्रथम बार किया है किसी यमदूत ने मेरी अवज्ञा का दुस्साहस।"

यमदूत बोला, "मुझे कठोरतम से कठोरतम दण्ड दीजिए,
पर विनय है, पहले मेरी व्यथा सुन लीजिए।

हिन्दुस्तान में हुआ है एक नये पहचान-पत्र का अविष्कार,
चर्चा है जिसकी चारों ओर, महिमा है जिसकी अपरम्पार।

नाम है 'आधार'; व्यक्तिक सूचनाओं का संग्रह विशाल,
अपने 'नेटवर्क' से बता सकता है किसी के जीवन का हाल।

मृतक का नहीं हुआ था अन्तिम संस्कार,
क्योंकि नहीं था उसके पास 'आधार।'

उसने मेरे साथ आने से कर दिया साफ इन्कार,
बोला, "नहीं जाऊँगा जब तक ना हो सम्पन्न संस्कार।"

फिर अचानक बोला, "क्यों जाऊँ आपके साथ,
क्या है आपको अधिकार?

ले जाने की बात बाद में करिये,
पहले दिखाईये अपना आधार।"

मैंने तर्क दिया, "मेरी वेशभूषा देखकर भी तुम्हें विश्वास नहीं होता है!"
उसने कहा, "वेशभूषा से क्या होता है!
वेशभूषा से तो पुलिसवाला भी रक्षक होता है।"

"महाराज! सहर्ष है स्वीकार मुझे जो भी दण्ड दीजिए,
पर पहले यमदूतों के 'आधार' की व्यवस्था कीजिए।"

जी एस टी

जी एस टी का बज रहा मृदंग,
हिल रहे सब निर्बल हो या दबंग।

चारो तरफ हो रही चर्चा,
होगा कम या बढ़ेगा खर्चा।

नहीं किया हैं जी एस टी ने सोमरस का पान,
मधुशाला के मुख पर खेल रही मुस्कान।

कुछ समझ रहे, कुछ समझा रहे,
कुछ अल्पबुद्धि सिर अपना खुजा रहे।

कुछ कुशाग्रबुद्धि टैक्स कलाकार,
चक्रव्यूह भेदनें को हो रहे तैयार।

किसे श्रेय है जी. एस. टी. का, कौन है शिल्पी विद्धान धुरंधर?
नहीं पड़ता इससे कोई अन्तर, अन्त में जो जीता वहीं सिकंदर।

क्यों जी एस टी का भय व्यर्थ में सताता है?
आनन्द का मार्ग पीड़ा के घर से गुज़र कर जाता हैं।

चौकीदार–अभियान
(हास्य-युक्त कविता)

जब से चला हैं देश में चौकीदार बनने का अभियान,
बहादुर चौकीदार चलता है बड़े गर्व से सीना तान।

कहता है अभियान से बढ़ गया है उसका सम्मान,
सम्मिलित हो रहे उसके समुदाय में बड़े-बड़े श्रीमान।

पर कहीं चुभ रहा उसके मन में चिंता का कंटक,
देख रहा है कि उसके रोज़गार पर आयेगा संकट।

सोचता है कि जब सब बन जायेंगे चौकीदार,
कैसे बच पायेगा उस जैसों का रोज़गार।

मैंने निष्कर्ष निकाला कि नहीं है उसका संशय निर्मूल,
पड़ सकता है चौकीदार-अभियान का प्रभाव प्रतिकूल।

भारतवर्ष में विलुप्त हो जायेगी पुरातन चौर्य-कला महान,
शूद्रक ने किया जिसका 'मृच्छकटिकम्' में रोचक गुणगान।

हिल जायेगा इस अभियान से देश में चोरी-तन्त्र,
नहीं बिकेंगे चोरी करने और रोकने के यन्त्र।

चोरी-उद्योग पर पड़ेगी मन्दी की मार,
बेरोज़गार हो जायेंगें अनेको चौर्य-कलाकार।

तज कर हास, अब आइये समझें अभियान का संदेश खास,
नहीं बनना चाहिए चौकीदार-अभियान आडम्बर और उपहास।

विचार ही हैं व्यक्ति को निर्मित करने वाले शिल्पकार,
जैसे होंगे विचार, व्यक्ति बन जायेगा उनके अनुसार।

अति आवश्यक हम बनें स्व-चिंतन के चौकीदार,
प्रवेश न कर पाये हमारी सोच में कोई दुष्विचार।

स्वर्ग पर पृथ्वी

स्वर्गलोक में नये चेहरे कुछ उदास और अलसाये से नज़र आते थे।
उन्हें न अप्सराओं के नृत्य लुभाते थे न विभिन्न व्यंजन भाते थे।

अनंत आनन्द है स्वर्ग के अस्तित्व का आधार,
इसलिए उलझन में थे स्वर्गपति देख उनका व्यवहार।

प्रमुख अधिकारी से बोले अधिराज, "पता करो क्या है राज़,
प्रश्न स्वर्ग की प्रतिष्ठा का है; समस्याहीन हो स्वर्ग-समाज।"

अधिकारी ने किया संवाद पर असफल रहा प्रयास,
सूखे थे स्मृति-सरोवर उनके; न उजागर हुआ त्रास।

अधिराज की अनुमति से हुआ पृथ्वी पर अधिकारी का आगमन,
देखा उसने मनुष्यों का एक यन्त्र के प्रेम में पागलपन।

वह यन्त्र था मानों मनुष्य का एक अंग,
एक पल भी उसके अभाव में हो जाता अपंग।

हो गया उदासी के रहस्य का अनावरण,
स्मार्टफोन से बिछड़ना ही था इसका कारण।

अधिकारी ने अधिराज से सांझा किया नव-अर्जित ज्ञान,
बोला, "महाराज! स्मार्टफोन की सेवा करनी होगी प्रदान।"

स्वर्गाधिराज ने लेखा अधिकारी को दिया आदेश,
तुरन्त करो आई टी सेवाओं में बड़ा निवेश।

आई टी सेवाओं पर जब स्वर्गाधिराज ने व्यक्त किये विचार,
करतल-ध्वनि से गूंज उठा स्वर्ग का सुन्दर सभागार।

बोले अधिराज, "हम आपको एक अदभुत चमत्कार दिखायेंगे,
नहीं ला सके नेता स्वर्ग पृथ्वी पर, हम स्वर्ग पर पृथ्वी लायेंगे।"

भगवान की परेशानी

भारत की राजनीति विश्व में है विलक्षण,
भगवान का भी इसने कर लिया भक्षण।

कौन कहता है नहीं होता भगवान का कोई धर्म या जात,
देश की राजनीति में झांक कर देखो तो हो जायेगा ज्ञात।

अपनी पहचान को लेकर अत्यंत दुविधा में हैं आजकल हनुमान,
सोच रहे हैं मैं क्या हूँ – दलित, जाट, हिन्दू या मुसलमान।

भोली है भारत की जनता जो धर्म के नारों पर है बिकती,
धर्म और जात के चूल्हे पर राजनीति की रोटियाँ हैं सिकती।

स्वयं-निर्मित कुछ जीवों को देखकर दंग है भगवान,
कितनी कुशलता से उसे बेच रहे ये महान इंसान।

जागरूक रहे जनता ताकि न शोषित हो धार्मिक विश्वास,
राजनीति के बाज़ार में हम सब खरीदें केवल विकास।

लोन का लूट-तंत्र

लोन-तंत्र में स्थापित हुए कुछ नये कीर्तिमान,
नीरव, माल्या, कोठारी का स्वर्णिम हो सम्मान।

क्यूँ कुपित हैं इनसे हम अल्प-बुद्धि अज्ञानी,
दर्पण यथार्थ का दर्शा रहे हैं यह महाज्ञानी।

सोच रहें हैं लालू जी 'काश! हम लोन का खेल खेले होते,
तो जेल में जमीन पर नहीं, विदेश में नर्म सेज पर सोते होते।'

डाकुओं को मन में हो रहा है पश्चाताप,
'व्यर्थ में ही कमाया हमने हिंसा का पाप।'

चल रहा उनके अन्तर्मन में मंथन निरन्तर,
"हम में और बैंकों में थोड़ा ही हैं अन्तर।'

हम हिंसा से वसूलते है और कुछ गरीबों को दे देते है,
बैंक शान्ति से वसूलते है और कुछ अमीरों को दे देते है।''

यह कैसा शासन-तंत्र है! कैसी है आर्थिक आज़ादी!
जन-धन लूट विदेश भाग रहे हैं धनवान अपराधी।

कभी-कभी कार्ल मार्क्स का कड़वा कथन मन को भाता है,
"राज्य धनवानों की रक्षा हेतु ही अस्तित्व में आता है।"

कर्ज़-माफ़ी

निरंकुश तंत्र का बोध कराता है भारत में सरकारों का व्यवहार,
जनता के कर-कोष से दे रहीं हैं, ये कर्ज़ माफ़ी का उपहार।

धाकड़ धनवान धावक सा कर्ज़दार लेकर कर्ज़ भाग जाता,
नेताओं की आखों का तारा निम्न वर्ग कर्ज़ की माफ़ी पाता।

मूक मध्यम वर्ग गदर्भ समान करों का बोझ उठाता,
सदा उपेक्षा सहते, जीवन उसका कट जाता।

कौन यथार्थ में दलित है इस पर हो निष्पक्ष विचार,
कौन है जो अनाथ सा उपेक्षा का हो रहा शिकार?

असली दलित वह जीव है जो दूसरों का भी कर्ज़-बोझ उठाता है,
जिसके जीवन का बड़ा भाग इ.एम.आई. की भेंट चढ़ जाता है।

सत्य है कि सरकारी कर्ज़ कभी माफ़ नहीं किया है जाता,
छोड़ देनदार की जेब, किसी दूसरे की जेब से है लिया जाता।

राजनीतिक दलों को दिलदारी दिखानी है तो जरूर दिखायें,
पर अपने पार्टी-फंड के पैसे से ही कर्ज़ माफ़ करायें।

कुम्भ-स्नान

चलो मित्र कुम्भ नहाकर आयें,
अलौकिक आनंद से अनुरंजित हो जायें।

देखो कितना है भव्य आयोजन,
मयूर सा नाच उठता है मन।

कुम्भ है हमारी आस्था का पर्व,
झलकता इसमें समृद्ध संस्कृति का गर्व।

देखो कितने माननीय मुदित-मन से कर रहे स्नान,
तुम स्नान की राजनीति पर व्यर्थ दे रहे व्याख्यान।

अच्छे आचरण का करना चाहिए अनुकरण,
अच्छी सोच करती सात्विक ऊर्जा का विकिरण।

स्मरण रहे कुम्भ में सब कर सकते स्नान,
चाहे व्यक्ति साधु हो या हो वह शैतान।

आवश्यक नहीं है कुम्भ-स्नान से निर्मल हो कलुषित मन,
पर निश्चय ही स्वच्छ कर सकते पावन जल से अपना तन।

आस्था और तर्क के संघर्ष में स्वयं को ना उलझाओ,
लम्बे अंतराल के बाद आया सु-अवसर व्यर्थ ना गवाओ।

विपक्ष का चरित्र

लोकतंत्र के मंच पर प्रस्तुत है पीड़ामय दृश्य,
पक्ष में समाकर विपक्ष हो रहा अदृश्य।

देख यह दृश्य दर्शक जनता हो रही उदास,
नहीं खरे उतरे कसौटी पर जिनसे थी आस।

जनता ने ही किया है मंच के कलाकारों का चयन,
करना होगा उसको अब उनकी कला को सहन।

क्यों व्यथित है जनता व कर रही व्यर्थ विचार?
अंतरात्मा की आवाज सुनना क्या है कोई विकार?

कह रही कलाकारों की अंतरात्मा, 'अपने में परिवर्तन लाओ,
छोड़ कर संघर्ष की राह, सुविधाओं को गले लगाओ।'

आवश्यक है द्वंद जो विकास को आगे बढ़ाता है,
विपक्ष-विहीन लोकतंत्र अर्थहीन हो जाता है।

रंगमंच से संचारित हो रहा है चारों ओर संदेश,
"सोच समझ कर ही करो अपने विश्वास का निवेश।"

प्रतिमायें

मुझे मिली कुछ भूखी नंगी आत्मायें,
वह बोलीं, "हमें यह बतायें,
कि क्यों लगाते हैं हम गगनचुम्बी प्रतिमायें,

अपने अल्प ज्ञान से जो मैंने उन्हें बताया,
लगा उन्हें वह अपर्याप्त और नहीं भाया।

मैंने कहा, "प्रश्न आदर और आस्था का है।"
वह बोलीं, "प्रश्न अस्तित्व का भी है।"

देखिये गरीबी कितनी गहराई तक जाती है,
और हमे सच्चाई का बोध कराती है।

प्रतिमायें समय के सीने पर छोड़ती हैं छाप,
नव-पीढ़ी का अतीत से कराती हैं मिलाप।

अच्छा है इतिहास को सुरक्षित करने का करें प्रयास,
पर जो आज जीवित हैं वही न बन जायें इतिहास।

अब हो युद्ध का शंखनाद

बहुत हुआ प्रयास, बहुत सहा है त्रास
खंडित हुआ हर बार ही हमारा विश्वास।

ना समझे कोई हमारे धैर्य को कायरता का प्रयाय,
हम मानते हैं युद्ध को शांति का अंतिम उपाय।

शोणित शहीदों का कर रहा पुकार,
इस बार निर्णायक हो दुश्मन पर वार।

तज विषाद, भर उन्माद
अब हो युद्ध का शंखनाद।

हम अहिंसा के पुजारी; शांति चाहे हमारा वतन
पर अब हो शत्रु-धरती पर विनाश का तांडव-नर्तन।

क्षत-विक्षत शरीरों के लग जायें शत्रु-धरती पर अम्बार,
त्राहि-त्राहि मच जाये चारों ओर; दहल उठे शत्रु-संसार।

शत्रु को है भ्रम कि परमाणु-बम हमे डराता है,
मन की शक्ति के सम्मुख डर शक्तिहीन हो जाता है।

आवश्यक है आंतरिक शत्रु का अब सफाया हो जाए,
क्योंकि कहा जाता है कि घर का भेदी लंका ढाए।

विश्व-सरकार

युद्ध की विभीषिका से आक्रांत है आज संसार,
विश्व में हो एक नयी व्यवस्था पर विचार।

हो संसार में सब देशों की एक ही सरकार,
खुलें विश्व-शांति और समृद्धि के नये द्वार।

मिट जायें संसार में सब देशों की सीमाएं,
हो जायें निरर्थक सब देशों की सेनायें।

ना हो कहीं विजय का वंदन,
ना हो कहीं पराजय का क्रंदन।

उचित या अनुचित हो सकता है युद्ध का आधार,
हर हाल में होती युद्ध में मानवता की हार।

भरा हुआ है विश्व में संसाधनों का भंडार,
नही है वितरण आवश्यकताओं के अनुसार।

असंतुलन से उत्पन्न होती विश्व में अनेक समस्याऐं,
विश्व-व्यवस्था से विलुप्त हो सकती कई व्यथायें।

"वसुधैव कुटुम्बकम" का आदर्श हमे उपनिषद सिखाते,
उतम होता अगर सब विश्व-नागरिक कहलाते।

आरक्षण

कैसी है विलक्षण देखो आरक्षण की दौड़!
दलित संग दबंग भी लगा रहा है होड़।

सुन आरक्षण की क्वणित पुकार, उठता मन में विचार,
क्या अविकास का आरक्षण ही है, एक मात्र उपचार?

दशकों से हम अलाप रहें हैं आरक्षण का दीपक-राग,
क्यों प्रशनचिन्ह बन खड़ा अँधेरा, क्यों रहा नहीं प्रकाश जाग?

क्यों न हों हम मुक्त जात-पात की परिपाटी से,
क्यों चाहते हांकना संविधान को, निज स्वार्थ की लाठी से?

विकास नहीं होता आरक्षण की बैसाखी का मोहताज,
सरल सत्य यह समझना होगा सभी को आज ।

नहीं आ सकता आरक्षण के झरोखे से, पूर्ण विकास प्रकाश,
खोलना होगा द्वार पुरुषार्थ का, भरकर मन में नव विश्वास।

मत खेलें आरक्षण के स्फुलिंगों से, मत प्लावित करें द्वेष,
आरक्षण की आग में कहीं जल न जाये देश।

युद्ध है जीवन का स्पन्दन, अटूट है इसका बन्धन,
अनवरत लड़ना है मानव को, व्यर्थ हैं व्यथा व क्रन्दन।

सुसज्जित हों युद्ध में सब एक समान, आओ करें यह आह्वान,
विषम तल पर व्यथित खड़े जो, मिले उन्हें भी समतल मैदान।

नया सवेरा समता का जब देश में आयेगा,
हटेगा अंधेरा और आरक्षण अर्थहीन हो जायेगा।

बलात्कार

बढ़ रहे हैं देश में बलात्कार,
हो रहा हैं चारों ओर हाहाकार।
सिकुड़ रहा है मानव-मूल्यों का संसार,
कुछ कुन्द है न्याय की तलवार।

उद्देश्य नहीं हैं न्याय का केवल दोषी को दंडित करना,
आवश्यक हैं भविष्य के अपराधी को भय से भरना।
अपराध अत्यन्त तेजी से फलता-फूलता है,
जब न्याय का पहिया धीरे-धीरे घूमता है।

बलात्कार है दानवता का पर्याय,
क्यों हो दानवों के लिए मानवों का न्याय?
सुधर सकते हैं दानव ये कोरा भ्रम है,
क्यों व्यर्थ में हो रहा सारा श्रम है?

बलात्कार अंत में है बलात्कार,
क्यों हो सज़ा में आयु का विचार?
दानवों का नहीं होता कोई मानव अधिकार,
क्यों विलम्ब से हो उनका संहार?

बेटी बचाओ

बहुत सुन्दर संदेश है बेटी बचाओं,
सत्ताधारी समक्ष हो तो सब भूल जाओ।

जब आहत होता है सत्ता का सम्मान,
तब अर्थहीन होता है नारी का अपमान।

कानून के लम्बे हाथ छोटे रह जाते हैं,
दोषी पीड़ित और पीड़ित दोषी नज़र आते हैं।

नारों की गूंज कहीं खोने लगती है,
संवेदना सहम कर सोने लगती हैं।

लड़ रहीं हैं बेटियाँ, उनका मनोबल बढ़ायें,
बेटियाँ बचाना है तो सब आवाज उठायें।

अन्याय कर सकता है नष्ट सत्ता का कुसुमित कानन,
उदाहरण प्रस्तुत करता अति सशक्त लंकापति दशानन।

नारी और न्याय

सड़कों पर बर्बरता का जब नग्न नृत्य होता हैं
और स्त्री की अस्मिता पर घातक प्रहार होता है,
पुलिस, कानून और न्याय व्यवस्था पर छोड़ जाता है प्रश्न
"क्या मानवों का कानून कभी दानवों के लिए होता है?"

अविरल बहते अश्रु उसके बन जाते पीड़ा की भाषा,
शब्द सांत्वना के जूझते रहते संग निराशा।
हिमालय जैसी चुनौती होता है देना उसको दिलासा,
संगनी बनती व्यथा जीवनभर, खण्डित होती सुनहरी आशा।

केवल आक्रोश की अभिव्यक्ति नहीं है उत्तर अमानवता का,
तजना होता है मानवता को जब सामना हो दानवता का।
दण्ड-विधान मानव का केवल मानवों के लिए होता है,
दानवों को दण्डित करना केवल दानवता से होता है।

बड़ी कंटीली होती है राह यदि नारी को पाना है न्याय।
न्याय यदि तुरन्त हो तो है न्याय, नहीं तो होता है अन्याय।
सोती पुलिस, सरकता न्याय, क्यूँ पढ़ते बार-बार वही अध्याय?
सोचने होंगे नये उपाय, अपमान नारी का जिससे अतीत बन जाये।

पुरुषत्व पुरुष का नारी से है उसी से है उसका मान,

उद्वेलित न हो जो नारी के अपमान से,

पौरुष-विहीन है वह इन्सान,

जुल्म करता जो जगत-जननी पर अथवा देता उसका साथ,

अधर्म नहीं होगा यदि शरीर से विच्छेद हो उसका हाथ।

चम्बल पुनर्गमन

तज कर बन्दूक चम्बल से आये तो हुए अत्यन्त हैरान,
पाये यहाँ पर जब कुछ अपने से भी बड़े प्रतिभावान।

देख प्रखर प्रभुता उनकी, हम अपनी लघुता पर लज्जाने लगे,
विशालकाय प्राणियों के समक्ष, रेंगते जीव नज़र आने लगे।

कारनामें उनके थे कुछ हमारे जैसे, जीवनशैली भिन्न थी,
हमें गरीबों से था प्यार, उन्हें गरीबों से घिन्न थी।

न समाज की परवाह थी, न कानून का डर था,
हजारों की आय थी पर करोड़ो का व्यय था।

स्वागत करती थी अतिशबाजी से हमारा, पुलिस की गोलियाँ,
स्तुतिगान कर रहीं थीं उनका, अनुचर भाटों की टोलियाँ।

मारे-मारे फिरते थे हम भीषण जंगल झाड़ियों में,
विचर रहे थे स्वच्छन्द वह, सुन्दर सुसज्जित गाड़ियों में।

हम चुनौती देते थे दमन व दानवता को,
वह चुनौती दे रहे थे अमन व मानवता को।

धवल ध्वज कार्यकीर्ति के उनके, चहुँदिशा में फहरा रहे थे,
कुछ कुन्ठित कुपित अल्पज्ञानियों को उनमें 'हम' नज़र आ रहे थे।

हमारी उनसे तुलना में अन्तर्निहित था घोर अन्याय,
कैसे हम तुच्छ प्राणी हो सकते थे महामहिमों के पर्याय!

स्वीकार नहीं था हमारी सम्वेदना को महानता का अपमान,
अन्तर्मन की सुनकर पुकार किया चम्बल को पुनःप्रस्थान।

रावण का अपराध

अपराध के परिप्रेक्ष्य में, मन में आता विचार,
क्यों दशानन को देते हैं हम दण्ड बार-बार?

चींटी सा अपराधी दिखाई देता आज दशानन,
भरे पड़े हैं देश में अपराध के गजानन।

नहीं किया था रावण ने सीता की अस्मिता का अपमान,
आज लूट रहे नारी की इज्ज़त बड़े-बड़े श्रीमान।

अनुचित था रावण का व्यवहार पर शीघ्र हुआ उसका संहार,
कछुए का पर्याय है न्याय, कितना सफल है दण्ड का वार?

देखें, उठती नारी की आवाज दब ना पाये,
महानता के आवरण से सच्चाई ढक ना जाये।

बुराई के प्रतीक रावण का पुतला जब जलायें,
'निर्भया' जैसी नारियों को ना हम भूल जायें।

न्याय में अन्याय

आम आदमी को अदालत पर है पूरा विश्वास,
निराश व्यक्ति की न्यायलय ही होता अंतिम आस।

पर जब न्याय-कर्ता ही कानून के कटघरे में नज़र आये,
आश्चर्य नहीं अगर पीड़ित ही अपराधी घोषित हो जाये।

साक्ष्य, साक्षी तर्क-वितर्क आदि सब लगते हैं व्यर्थ,
विदित हो परिणाम तो परीक्षा का नहीं होता कोई अर्थ।

जब अंकुशहीन सत्ता आम आदमी को सताती है,
तब समाज की संवेदना भी सुप्त हो जाती है।

अश्रुमय हैं आज 'बेटी बचाओ' का नारा,
कह रहा कहाँ गया जनता का जोश सारा।

प्रतिबिंबित हो न्याय में जब अन्याय का पर्याय,
अति आवश्यक है ढूंढना कोई ठोस उपाय।

बाबा-महिमा

हे ऐश्वर्य के अनंत पारावार,
गगन में गूंज रही तेरी जय-जयकार।

गौर कानन; श्यमल केश,
विकराल काया; विचित्र वेश।

यौन सागर में स्वछंद विहार,
अंक में सुंदरी, सुरा में सरोबार।

हे अपराध के अधिराज! तमस के उत्तुंग शिखर,
समक्ष तुम्हारे बड़े-बड़े सूरमा हैं काँपते थर-थर।

तेरे जीवन-काव्य का ढोंग है अलंकार,
भागती जनता पीछे तेरे, लिए मन बीमार।

तुम वोटों के विराट कोषागार,
कर सकते राजनीति में चमत्कार।

बड़े-बड़े नेता नतमस्तक होते तेरे द्वार,
तेरे एक संकेत पर, बदल सकती सरकार।

तेरे जैसी महान विभूतियाँ हैं पृथ्वी पर भार,
कर्म-फल से ही मिलेगा तुझे मुक्ति का द्वार।

बाबा-प्रसंग

कैसे हैं हम पाषाण-हृदय, प्रताड़ित कर रहे प्रीत,
बाहर रखा हनी को; अन्दर भेज दिया गुरमीत।

वियोग-विहल गुरमीत रहा है 'हनी-हनी' पुकार,
उन्माद में सिर से कर रहा दीवारों पर प्रहार।

संवेदना की प्रतिमूर्ति हैं पुलिस और सरकार,
द्रवित हो गईं सुन गुरमीत की दारूण पुकार।

सम्मान, सुरक्षा और सहयोग से पहले करवाया प्रस्थान,
अब हनी को लाने का छेड़ दिया है महा-अभियान।

'डेरा' है अंधी-आस्था, अपराध और ऐश्वर्य का कॉकटेल,
रोकना होगा तुरन्त तथा-कथित बाबाओं का घृणित खेल।

आस्था पहुँचा सकती है मानव मूल्यों की उच्च चोटी पर,
पर खरा उतरना होगा आस्था को तर्क की कसौटी पर।

सतर्क होकर करें विचार ताकि सत्य हो उजागर,
जाल अपना फैला रहे हैं आस्था के सौदागर।

श्वान-संवाद

गली में एक विदेशी श्वान नज़र आया,
देख उसे देसी श्वान गुस्से से थर्राया।

पर फिर उसने सोचा, "यह श्वान यहाँ है मेहमान,
हमारी संस्कृति है अतिथि की सुरक्षा और सम्मान।"

बोला, "माफ़ करना! संभावित था मेरी प्रभुसत्ता पर प्रहार
इसी विचार के कारण था मेरा उद्वेलित, अनुचित व्यवहार।

होना चाहिये विश्व में प्रभुसत्ता पर गहन विचार,
महायुद्ध के कगार पर खड़ा है आज संसार।

काश! विश्व-सरकार की परिकल्पना होती साकार,
कितना अशान्त है विश्व; कितना हो रहा नर-संहार!

मित्र! तुम्हें देखकर मेरा मन है अत्यन्त हर्षित,
बताओं यहाँ की किस चीज ने किया तुम्हें आकर्षित?"

विदेशी बोला, "जिज्ञासा जगाती है आपके देश की अजीब आज़ादी,
इस देश में अपराधी हो रहे नेता और नेता हो रहे अपराधी।

कानून का डर यहाँ केवल साधारण को सताता है,
रसूखदार के लिए तो कानून रखैल नज़र आता है।

विचित्र लगता है यहाँ लोग व्यर्थ के सरोकारों मे समय गंवाते हैं,
मंदिर-मस्जिद उन्हें उलझाते हैं; "आरक्षण" और "सती" सताते हैं।

नारी अस्मिता पर प्रहार दिल दहलाता है,
आज रावण भी निर्दोष नज़र आता हैं।

लाना है बदलाव तो लोग आवाज़ उठायें,
अपने अन्दर से निकलकर बाहर आयें।"

सब पाप धुल जायेंगे

मेरे मित्र के हैं एक परिचित,
कई कांडों में रहें हैं चर्चित।

एक दिन वह मित्र से बोले,
"मेरी जीवन-नैया खा रही हिचकोले।

सोच रहा हूँ कि अब मैं सन्मार्ग अपनाऊँ,
लगा कर गंगा में डुबकी पाप धो आऊँ।"

मित्र बोले, "अच्छा है कि गंगा नहाया जाये,
पर एक विकल्प है अगर आपको पसंद आये।

आप राजनीति में करें प्रवेश,
वहाँ आपको मिलेगा सम्मान विशेष।

नहीं होगी टिकट की समस्या विकट
सहजता से मिल जायेगा आपको टिकट।

अति प्रखर है आपके कार्यों का इतिहास,
चुनाव में आप जीतेंगे है पूर्ण विश्वास।

एम.एल.ए बन जब आप सत्ता-पक्ष में मिल जायेंगे,
आप के सब पाप आपने आप ही धुल जायेंगे।"

मतदान-वृद्धि

(हास्य रचना)

मतदान प्रतिशत देख चुनाव आयोग ने किया चिंतन,
नहीं आया अभीष्ट परिणाम व्यय हुआ भारी धन।

अधिकारियों की एक कार्यशाला का हुआ आयोजन,
कैसे बढ़े मतदान प्रतिशत था उसका प्रयोजन।

अधिकारियों ने अपनी-अपनी अक्ल के घोड़े दौड़ाये,
पर घिसे-पिटे थे सुझाव जो संयोजक को नही भाये।

अंत में एक अल्प-बुद्धि अल्प-ज्ञानी अधिकारी आगे आया,
क्या कहेगा यह सोच कर प्रत्येक प्रतिभागी मुस्काया।

अधिकारी बोला, "मतदान केन्द्र पर हो लंगर का आयोजन,
जिसमें जाये परोसा सामिष ओर निरामिष स्वादिष्ट भोजन।

अगर साथ में हो सोमरस की सेवा का प्रावधान,
एक नयी उर्जा से तरंगित हो उठेगा लंगर अभियान।

मतदान के बाद मतदाता लंगर में आयें,
दिखाकर अपनी अंगुली, प्रेम से भोजन पायें।

प्रचार से अधिक प्रभावी और सस्ता है लंगर अभियान,
एक अनुभव के आधार पर अर्जित हुआ ये उत्तम ज्ञान।

क्यों प्रचार-प्रसार पर करोड़ों रूपये लुटायें,
अवश्य बढ़ेगा मतदान प्रतिशत अगर हम लंगर लगायें।''

इस अदभुत क्रांतिकारी विचार को किया सब ने सहर्ष स्वीकार,
विशेष था सोमरस के शौकीनों के उत्साह का इज़हार।

जिससे नही थी उम्मीद उसी ने सुझाया सबसे अच्छा उपाय,
कभी-कभी हो सकता है कि खोटा सिक्का भी चल जाए।

वोट-भक्ति

चुनाव की वरदायिनी वोटदेवी! तेरी महिमा महान,
लोकतन्त्र के महापर्व में गूंज रहा तेरा गुणगान।

परम भक्त हैं नेता तेरे साधारण हो या कद्दावर,
तत्पर हैं तुझ पर करने को सब कुछ न्योछावर।

तेरे भक्त जब तेरी उपासना में होते लीन,
उचित-अनुचित शब्द उनको लगते अर्थहीन।

तेरे सम्मोहन में बदल जाते हैं सम्बन्धों के समीकरण,
चुनाव समर में मित्र लगते हैं अर्जुन और करण।

हे देवी! तेरी शक्ति से हो सकता है चमत्कार,
तेरी एक की संख्या भी गिरा सकती है सरकार।

सिरफिरे सोचते है तेरे हेतु मूल्यों का मार्ग अपनायेंगे,
लगता है कि दीवाने हैं जो गूलर के फूल पायेंगें।

कुछ सिरफिरे भी संसार में उम्मीद जगाते हैं,
तैर कर धारा के विरुद्ध परिवर्तन लाते हैं।

राजनीति और धर्म

मन्दिर-मस्जिद पर हो रहा बड़ा बवाल,
फेंक रही धर्म पर राजनीति अपना जाल।

राजनीति को धर्म का सानिध्य सुहाता है,
धर्म वोट-पथ को प्रशस्त कराता है।

देखो कैसे चढ़ रहा धर्म पर राजनीति का रंग!
अब तो देवता भी होने लगे "दलित" और "दबंग।"

सबरीमाला के अयप्पा महान, राजनीतिक भक्तों से हैं परेशान,
नारी-प्रवेश पर अंकुश से कर रहे उनका अपमान।

दर्शा रहे कि देखो कितने दुर्बल हैं अयप्पा भगवान,
नारी को निहारने से ही हिल सकता है उनका ईमान।

क्यों भूल रहे हम महान संतों का दिया दिव्यज्ञान,
कहा नानक ने, "सो क्यों मंदा आखिये जिन जमें राजान।"

धर्म में राजनीति अशुभ और राजनीति में धर्म शुभ होता है,
धर्म में राजनीति का अर्थ विकास का विकल्प होता है।

जब धर्म पर राजनीति हावी होने को आमादा,
तब पीछे छूट जाती है न्यायालयों की मर्यादा।

आओ मिलकर कुछ ऐसी व्यवस्था बनायें,
राजनीति को धर्म से दूर ले जायें।

करो जात की बात

करो जात की बात, जात जरूरी है,
बिना जात के चुनाव की बात अधूरी है।

जाति-बोध चुनाव में चमकता प्रखर,
माला एकता की बिखरने लगती टूटकर।

चुनाव सिखाते, नहीं हैं हम आपस में भाई भाई,
हम हैं जाट, गुर्जर, खत्री, ब्राह्मण, बनिया, तेली या नाई।

सड़के, सीवर, सेहत, राजी-रोटी, बिजली और पानी,
सुनाते रहते अपनी अंतहीन दुःखभरी कहानी।

चुनाव में मुद्दों से मुख मोड़ते है,
नेता जातियों को जोड़ते नहीं, तोड़ते हैं।

कितना अच्छा होता अगर चुनाव में मुद्दों पर बात होती!
काश! इस धरा पर मानव की एक ही जात होती।

घूंघट-बुर्का संवाद

जब से उनके प्रतिबंध पर चर्चा का हुआ है भान,
घूंघट और बुरके को लगता है बढ़ गया उनका मान।

सोच रहे हैं कि हम तो साधारण सी चीज हैं बेजान,
अपने अस्तित्व की अहमियत का अब हुआ है ज्ञान।

घूंघट ने कहा बुरके से, "सुनो भाई!
एक चीज़ मेरी समझ में नहीं आई।

देश के समक्ष पहले ही इतनी समस्याएं हैं खड़ी,
फिर भी चुनाव में हमारी जरूरत क्यों आन पड़ी?"

बुरके ने कहा, "जब मुश्किल हो समस्याओं को सुलझाना,
तब जरूरी हो तो जाता है जनता का ध्यान भटकाना।

देखो! अब हम कितना काम आयेंगे,
पहले छिपाते थे चेहरे, अब खामियाँ छुपायेंगे।

जम्हूरियत तब ही कामयाबी पायेगी,
जब सोई जनता जाग जायेगी।

चुनावी अस्त्र-शस्त्र

गूंजने लगा महाचुनाव-युद्ध का उद्घोष,
दिखाई देता माहौल में जोश और रोष।

चुनाव योद्धा युद्ध को हो रहे तैयार,
निकल आये बाहर भिन्न-भिन्न हथियार।

मन्दिर, मस्जिद स्टैच्यू करते मनोबल-विकास,
राफेल को है अपनी मारक शक्ति पर विश्वास।

संत-समाज बदल सकता है चुनावी नक्षत्रों की चाल,
नहीं है जिनके पास यह शस्त्र, उनको है मलाल।

पारम्परिक शस्त्रों की सफलता पर है सब को विश्वास,
जात-पात और वर्ण-भेद से जंग जीतने की आस।

नेवले और साँप से विरोधी कर रहे परस्पर विचार,
गठबंधन के वार से करेंगें अपने सपने साकार।

नोटबंदी और जी एस टी की अब तेज हो रही है धार,
कालेधन और कश्मीर शस्त्रों से भी होंगे सशक्त वार।

विरले शूरवीरों का हथियार है सदव्यवहार,
जो ले जा सकता है उन्हें सफलता के द्वार।

समय बताएगा विजय-श्री किस-किस का करती सम्मान,
पर अपूर्ण ही रहेंगे जनता-जनार्दन के अरमान।

चुनाव

कुछ उल्लासित चमकते चेहरे मुसकाने लगे हैं,
सुन्दर सुनहरे सपने आँखों में सजाने लगे हैं।

कुछ ईद के चाँद भी अब नज़र आने लगे हैं,
प्रमिल प्रयास से निज नई छवि बनाने लगे हैं।

परिवर्तित हो रहे हैं सम्बन्धों के समीकरण इस प्रकार,
दोस्त दुश्मन और दुश्मन दोस्त नज़र आने लगे हैं।

कुछ बदली सी हवा चल रही देश में,
लगता है कि चुनाव निकट आने लगे हैं।

गलियों और बाजारों में, खंबों की कतारों पे,
छिड़ा है पोस्टरों में युद्ध, कुछ शालीन कुछ क्रुद्ध।

गगन सी ऊँची घोषणाओं का स्वर्णिम संसार,
दामिनी सी दमक रही देश-भक्ति जिसमें कर शृंगार।

सड़कें, सीवर, बिजली पानी,
पाएंगे यह नई जवानी।

दूर होंगे भूख, बेकारी, भ्रष्टाचार,
सपने विकास के होंगे साकार।

शब्द-शिलपी शूरवीरों के उष्मित उदगार
करते हृदय पर आनन्द-रस की फुहार।

पर अति दूर हैं उपलब्धियों के द्वार,
जान रही है जागरूक जनता समझदार।

दिन भीड़तन्त्र के अब जाने लगे हैं,
गुण लोकतंत्र के समझ आने लगे हैं।

विनाश निकट ही खड़ा है

यह धरा पर क्या घटित हो रहा है!
जाग रहा है बाज़ार, इन्सान सो रहा है।

दागदार करता प्रकृति का आँचल,
बीज विनाश के मानव बो रहा है।

सुरसा सी बढ़ती जाती सड़कों पर गाड़ियाँ,
लील रही लोलुपता वृक्ष, वन और झाड़ियाँ।

खेतों पर नित निर्मित होते भव्य भवन,
मैल-मंडित, दुखी, दंडित सी बहती पवन।

तपते पर्वत, पिघलती हिम-शिलाएँ,
तांडव करती क्रोधित विकराल जल धाराएँ।

उद्घोष हो रहा है कि विकास बढ़ा है
मूर्ख मानव! विनाश निकट ही खड़ा है।

धरती की पीड़ा

छिन्न विच्छिन शरीर लिए माँ धरती कर रही पुकार,
रहे कर अपने पुत्र उसकी देह का निरंतर व्यापार।
गए कहाँ लहलहाते खेत, गयी कहाँ वृक्षों की छाँव!
कहाँ गयी सुगंध माटी की, कहाँ गये वो भोले गाँव!
गया कहाँ पक्षियों का कलरव, गया कहाँ कोयल का गान!
कहाँ गयी जुगनू की टिमटिम, कहाँ गयी झींगुर की तान!
ममतामयी वसुधा माँ ने दिए हमें अमूल्य उपहार,
जंगल, पर्वत, मैदान, घाटियाँ, नदियों की अमृत जलधार।
टूटते पहाड़, कटते जंगल, घटते खेत, घटता पानी,
हैं सुना रहे मानव लोलुपता की दुखद कहानी।
लाभ–हानि के गणित में, रहा हो मानव भ्रमित,
है कर चुका हानि अपनी, नही हुआ सचेतित।
समन्वय प्रकृति से तोड़ रहा है, परिपाटी पुरानी छोड़ रहा है,
लिए असीमित आकांक्षाओं को मानव, विनाश पथ पर दौड़ रहा है।
पृथ्वी दिवस मनाने से पड़ेगा न विशेष अन्तर,
ज़रूरी जीवन है या विकास, सोचना होगा निरन्तर।

टी.वी. सीरियल प्रभाव

(एक हास्य रचना)

मेरे एक विनोदप्रिय मित्र, हैं स्वभाव से कुछ विचित्र,
बड़ी दीवानगी से देखते हैं, टीवी सीरियल और चलचित्र।

एक दिन सुबह-सुबह खड़े थे अपने द्वार, पढ़ रहे थे अखबार,
तभी पड़ोसी की नौकरानी नाश्ता बना निकली घर के बाहर।

कवि ने पड़ोसी से पूछा, "ये रिश्ता क्या कहलाता हैं?"
पड़ोसी बोला "आप दौड़ते रहिये अक्ल के घोड़े,
मुझे नाश्ता समय पर मिल जाता है",

कुछ ऐसा छाया है उन पर उन्माद,
चलचित्रमय और सीरियलमय होते हैं उनके संवाद।

एक दिन प्रेमिल वाणी में पत्नी से बोले,
"दिया और बाती हम",
पत्नी बोला, "इसी बात का तो है गम,
तुम तो रहते वैसे के वैसे, जलती रहती मैं हरदम।"

एक दिन वह दफ्तर विलम्ब से आये,
उन्हें देखकर उनके अधिकारी गुस्साये।

बोले "कहाँ से आये हैं?"
कवि बोले "बड़ी दूर से आये हैं,
प्यार का तोहफा लाये हैं।"

यह कहकर सादर अर्पित किया, एक सुन्दर फूल,
कवि के शब्द और फूल, अधिकारी को लगे शूल।

आवेश मे आकर दिया उन्होंने तुरन्त आदेश,
"निष्कासित करो इन्हें, यह हैं गलत निवेश।'

स्वभाव के अनुसार, उनके जाते-जाते थे उद्गार,
"तेरी दुनिया से दूर, चले हो के मज़बूर।"

प्रेम, धर्म और इन्सानियत

शब्द-कोष में जुड़ रहे हैं कुछ नये पर्याय,
डेरे से कुकर्म का घर और प्रेमी से हिंसक अभिप्राय।

बदल रहा है प्रेम-शास्त्र का दर्शन,
आगजनी और हिंसा से प्रेम का प्रदर्शन।

ये घर प्रेम का, खाला का घर नाहिं,
फौज और असलहा चाहिए, तभी ही अन्दर जाहिं।

क्या होगा देश का सोच रहे धर्म के सत्यार्थी,
जब राजनीति बन जाए अधर्म-रथ की सारथी।

हैवानियत जब इन्सानियत के रूप में आती हैं ,
पहले से भी और अधिक कुरूप हो जाती है।

अंधा प्रेम और अंधा विश्वास,
कर सकते है जीवन का विनाश।

सच्चा इन्सान रहे सावधान; महापुरूष हैं कहते,
कभी-कभी देवालयों में दानव भी हैं रहते।

द्वन्द

द्वन्द प्रवाह का स्पन्दन है,
परिवर्तन का प्रखर वंदन है।

अनुरूपता का अनुसरण है समतल सुगम,
मार्ग द्वन्द का होता है दुविधामय दुर्गम।

जब मन और मस्तिष्क के मध्य द्वन्द होता है,
भावनाओं के सामने, तर्क तन कर खड़ा होता है।

निर्मित होती द्वन्द से, नूतनता की नींव शिलाएँ,
निकल विचार-नदिया से बहने लगती नई धारायें।

द्वन्द से विश्व-चिन्तन आगे बढ़ा है,
प्रगति के पहिये मे द्वन्द भी जड़ा है।

तज कर पुरातन पथ, तोड़ता रीतियों के बन्धन,
द्वन्द क्रान्ति का छन्द, करें इसका अभिनन्दन।

प्रेरक शक्ति

(एक हास्य रचना)

काव्य सम्मेलन के लिए, कवि कक्ष में कर रहा था अभ्यास,

खड़ी है आपदा द्वार के पास, नहीं था उसे आभास।

"कुछ संबंधों की नहीं होती कोई परिभाषा,

भावों की नहीं होती कोई भाषा।

विचार तरंगों का जब मेल होता है,

तब मौन भी मुखर होता है।"

कवि ने जैसे ही प्रकट किये यह उद्गार,

रौद्र रूप लिये पत्नी आ पहुँची कक्ष के द्वार,

बोली "क्या लगा रखा है यह तमाशा!

कौन है जिसके संबंध की नहीं है परिभाषा,"

कौन है वह रूपसी–आशा, अभिलाषा या बिपाशा,

कौन है जो दे रही है मुझे निराशा

अभी बताओ मुझे उसका नाम सत्वर

अन्यथा उद्वेलित बेलन है मेरा सेवा को तत्पर"

कवि बोला, "क्रोध की भावुकता में मत बहो,

पहले सोचो समझो और फिर कुछ कहो।

मत व्यर्थ में झेलो ईर्ष्या का दंश,

यह पंक्तियाँ हैं मेरी कविता का अंश।

अक्षुण्ण है मेरी तुम्हारी भक्ति,
तुम तो हो मेरी कविता की उत्प्रेरक शक्ति।
वियोगी होगा पहला कवि, आह से निकला होगा गान,
कवि 'प्रसाद' की इन पंक्तियों का तुम्हें होगा ज्ञान।
कवि के हृदय में एक दर्द छिपा होता है,
जिसे वह अपने शब्दों में पिरोता है।
मेरी नियति है तुम्हारा शाश्वत साथ,
बिना तुम्हारे तो मेरा काव्य हो जायेगा अनाथ।
बेलन के उच्च विचार का अभी कर दो त्याग,
कवि तुम्हारें पास है, नहीं रहा कहीं भाग।''

प्रसव-पीड़ा को सहना होगा

प्रसव-पीड़ा को सहना होगा, तभी जन्म लेगा विकास।
कुछ खोना होगा अगर कुछ पाने की है आस।

भू-माफिया, बेईमान व्यापारी, भ्रष्ट नेता और अधिकारी,
कालेधन की जड़ हैं, ये सब ताड़न के अधिकारी।

अत्यंत असमानता नहीं होती भाग्य,
यह है हमारी अव्यवस्था का दुर्भाग्य।

नब्बे प्रतिशत धन देश का, दस प्रतिशत के पास,
आम जन के जीवन में, अब जागी है कुछ आस।

क्रांति के गर्भ में रहती है शांति,
बिना कठोर कदम सुधार है भ्रांति।

हो गया है युद्ध का सूत्रपात,
तम पर होगा अब घातक आघात।

लेकर खुशियों की सौगात,
अवतरित होगा नव प्रभात।

संघर्ष-शीश को न झुकना होगा,
बढ़ते कदमों को न रुकना होगा।

बुढ्ढा होगा तेरा बाप

क्षरण मूल्यों का हो रहा, क्यों करते इस पर संताप,
तन्मयता से सुन रहे जब हम, बुढ्ढा होगा तेरा बाप।

नहीं है यह विषय हास्य का या हर्ष का,
विषय है यह संस्कृति के हो रहे अपकर्ष का।

अवांछित है बुढ़ापा, और है यह अभिशाप,
तभी तो गर्व से कह रहा नायक, बुढ्ढा होगा तेरा बाप।

पितृ देवो भव की धरती पर, भूले भाषा का शिष्टाचार,
बधिर मूक तटस्थ बैठे हैं सेंसर और सरकार।

करें मिलकर आओ हम सब, इस पर गंभीर विचार,
क्या सन्देश दे रहें युवा पीढ़ी को, चलचित्र, टीवी, रेडियो, अख़बार।

वर्तमान व्यावसायिक व्यवस्था में, है यह कठिन परीक्षा
निर्लज्जता के नग्न नृत्य में, कैसे दें मूल्यों की शिक्षा!

संस्कृति के क्षेत्र में रोकना होगा यह श्राप,
जिससे कोई कह ना पाये, बुढ्ढा होगा तेरा बाप!

गीत सत्य के गाता रहूंगा
(सत्य के योद्धाओं को समर्पित)

गीत सत्य के गाता रहूँगा।
कोई सुने या सुने,
नक्कारखाने में तूती बजाता रहूँगा।

सुना है कि झूठ के पाँव होने लगे हैं,
कुछ युधिष्ठिर भी विचलित होने लगे हैं।

कुछ द्वीप आशा के जीवन जलधि में
जलमग्न अब धीरे-धीरे होने लगे हैं

ना रोक पायेंगे, निराशा के ये क्षीण स्वर,
रहूंगा सत्य पथ पर अविचल, अविराम अग्रसर।

सत्य ने किया विषपान, सत्य सूली पर चढ़ा है,
नहीं हुआ विलुप्त आज भी, पर्वत सा खड़ा है।

कैसा है यह विचित्र प्रयास! कैसा है यह विरोधाभास!
करते पोषित कपटी भी, सच्चे मित्र मिलन की आस।

कौन कहता है कि सत्य मर गया है,
और अटूट असत्य का फंदा है!

मानवता के बढ़ते शमशानों के बीच,
सत्य अभी तक जिन्दा है।

सत्य ही राह में सब कुछ लुटाता रहूँगा,
ग्रीष्म दोपहरी में राग मल्हार गाता रहूँगा।

करता रहूंगा तुमुल घोष, सत्यमेव जयते का
गीत विप्लव के अविरल गाता रहूंगा।

विपक्ष

व्योम तक गुंजित हो विपक्ष का वंदन गान,
विपक्ष है प्रजातन्त्र की आन-बान और शान।

'समर्थ को नहीं दोष गुसांई' कह गये तुलसीदास,
कौन कहता है सत्तापक्ष में होता दोष का वास!

निश्चय ही प्रशंसनीय है विपक्ष का मुखर हो जाना,
दुस्साहस ही होता है सत्तापक्ष को दर्पण दिखाना।

लोकतन्त्र में जब लहरवाद का संक्रमण होता है,
विपक्ष के सम्मुख अस्तित्व का प्रश्न खड़ा होता है।

जनतन्त्र बन सकता है बलतन्त्र यदि हो निर्विरोध,
पुष्पित पल्लवित करता है प्रजातन्त्र को 'विरोध।'

सत्तापक्ष के हित में होता सशक्त विरोध का होना,
भट्टी में ही तपकर, कुन्दन बनता है सोना।

टमाटर-स्तुति

हे शतक-विजेता शोणित-वर्ण टमाटर,
बढ़ते रहो प्रगति पथ पर आगे निरन्तर।

क्यों कुपित हैं आमजन तुमसे अकारण!
तुम तो हो दलित-उत्थान के अनुपम उदाहरण।

तेज ने तुम्हारे उष्मान्वित कर दिए राजनीति के वीर,
विधान-सभाओं में खूब चल रहे शब्दों के तीखे तीर।

स्वर्ण-वर्ग की सब्जियाँ हो रही लज्जावान,
पराजित हो गये उनके बड़े-बड़े पहलवान।

प्रेम-सुधा बरसा कर पत्नी करती स्वागत विशेष,
स्वर्ण-पदक सा तुम्हें लिए पति जब करता प्रवेश।

नीचे से उठकर छू लेता जो सफलता का आसमान,
प्रशंसा का पात्र है वह वंदनीय पुरूषार्थी इन्सान।

सत्तावान और साधारण

सत्तावान और साधारण में बहुत अन्तर होता हैं।
सूर्य सा चमकता साधारण का अपराध,
सत्तावान का अमावस की रात होता है।

सत्तावान के सन्दर्भ में कानून की धाराएँ घट जाती हैं।
साधारण के सन्दर्भ में कानून की धाराएँ जुड़ जाती है।

एक माननीय सत्ता के रथ पर सवार,
करते आ रहे थे अपने समूह-गान का प्रचारः
'बेटा बेटी एक समान;
बेटी पढ़ाओ, बेटी बचाओ।'

आचरण से अपने, सपूत ने उनकी बढ़ाई शान;
किया उसने संशोधनः बचना है आसान,
धाराएँ घटवाओ, बेटा बचाओ।

आया बसंत

जग के आंगन में आयी नूतन बहार,
पौधों ने फूलों से किया सुन्दर शृंगार।

अभिसारिका प्रकृति ने पहना नया परिधान,
मनमोहक छटा बिखेरते वन, उपवन व उद्यान।

फूलों पर घूम रहा मनमौजी भंवरा करता गुन-गुन,
सुना रहा हो उनको मानो अपने प्रेम की धुन।

रंग बिरंगी तितलियाँ बागों में मंडराती,
लघुता में सुन्दरता का बोध कराती।

क्षीण शीत की विदाई बेला आई,
गर्मी की आहट दे रही सुनाई।

दो विपरीत गुणों का सुन्दर संतुलन,
होता है हितकारी, हर्षित करता मन।

कानों में रस घोलता, कोयल का कोमल स्वर,
प्रेम भाव का उर में बहने लगता निर्झर।

घूंघट खोलती प्रेम की कलियाँ, पुलकित होता मन,
ऋतुओं की रानी बसंत का हो रहा आगमन।

सुपर डिजिटल-प्रेम
(एक हास्य युक्त कविता)

देश में हो रहा डिजिटल होने का आहवान,
अर्जित होगें इससे उन्नति के नये सोपान!

जब सब डिजिटल हो रहा, प्रेम सुपर-डिजिटल हो जाए,
अंतस से अंतस को ऐसे जोड़ें, वाटसएप अर्थहीन हो जाए!

संवेदनाओं का परस्पर हो स्वरहीन संवाद,
'शब्द' कैश की भांति हो जाये अपवाद!

सुपर डिजिटल प्रेम-विनिमय में नहीं चाहिए कोई यंत्र या तंत्र,
उर से उठती उच्छवसित तरंगें ही होती हैं इसका मूल-मंत्र!

प्रेम-तरंगों से नही होगा दूषित वातावरण,
उर्जा संचित होगी, व्यय नही होगा धन अकारण!

अच्छे दिन और भी अच्छे हो जायेंगे,
उपकरण-हीन प्रेम से जब स्वच्छ भारत बनायेंगे!

आवश्यकता और ऐश्वर्य

ऐश्वर्य आवश्यकता से ऊपर होता है ।
क्रिकेट पीता पानी, प्यासा रोता है।

समर्थ को नही दोष होता है।
व्यर्थ व्यक्त करना रोष होता है।

प्रकृति प्रदत करती सर्वजन को पानी का अधिकार।
वंचित रहे कोई तो दूर है कर्तव्य से सरकार।

अधिकार और कर्तव्य उत्तम शब्द उत्पन्न करते आशा,
पर सन्दर्भ अनुसार परिवर्तित हो जाती इनकी परिभाषा।

सम्पन्न और सशक्त का होता है अधिकार,
निर्धन और निःशक्त, ढोता है कर्तव्य का भार।

यह देश अपर्याप्त पानी की पीड़ा सहता है,
पर ग़रीब की आँखों में सदा पानी रहता है।

कैसी आज़ादी

अर्थहीन आज़ादी हेतु भ्रमित युवा उन्माद,
भर रहा हृदय में गहन विषाद।

कुत्सित है असमय दासता–मुक्ति का प्रकरण।
छद्म–छवि दर्शा रहा आज़ादी का दर्पण।

युवा अतुल ऊर्जा का कोष,
सृजन क्रांति का प्रबल घोष।

क्यों सीख रहा आज विघटन का दर्शन?
क्यों देश तोड़ने को तत्पर तरुण मन?

कैसे विस्मृत हो गये भगत सिंह और सुभाष?
उत्सर्ग किया जीवन जिन्होंने लिए आज़ादी की आस।

आज़ाद भारत में कैसी आज़ादी की मांग?
क्या देख रहे हम एक छलमय स्वांग?

करना होगा मिलकर मनन और मन्थन,
कैसे निर्मल हो कलुषित युवा–चिन्तन।

वर्षा की छटा

धीमी-धीमी पड़ रही जल फुहार।
थपकी दे किशलयों को करती दुलार।

नभ दे रहा धरती को, प्रेम-जल उपहार।
सत्य है नहीं होता कम दूरी से, निश्चल प्यार।

उड़ गई तपन विहग-सी, पंख अपने पसार।
भूल दीपक-राग, प्रकृति गा रही मल्हार।

मन मुदित मयूर-सा हो रहा, तज सब विचार।
बरस रही स्निग्ध शीतलता, हरियाली पर आया निखार।

वर्षा संग सहेली-सी बहने लगी है अब मृदु बयार।
कितना सुखद लगता है साथ, जब हों सुन्दर सम विचार।

वायु झोंकों से उल्लासित झूम रहा वनस्पति-संसार।
आवश्यक है कभी-कभी, आनन्द वन में स्वच्छंद विहार।

ध्येय-साधना

ज्योति ध्येय-साधना की जलती रहे।
हिम निराशा की सदा पिघलती रहे।

ध्येय जीवन का सार होता हैं।
ध्येय रहित जीवन निस्सार होता है।

ध्येय है मानव आकांक्षाओं का अभिव्यंजन;
जीवन का दर्शन; अनुरागी मन का स्पन्दन।

कठिनाईयों की वनस्थली में कल्पतरू उत्पन्न होते हैं,
जो होते हठी, साकार उनके स्वप्न होते हैं।

परिस्थितियों का चक्रव्यूह यदि करे ध्येय-मार्ग अवरूद्ध,
अर्जुन सामान उठो उच्छवसित वेग से, करो दुर्धर्ष युद्ध।

जब ध्येय और सफलता का अभिसार होता है,
पीड़ा होती है पुरस्कृत, जीवन में निखार होता है।

क्रिकेट का कंटक

जीवन की बगिया में, मूल्यों के सुन्दर सुमन खिलाते खेल।
संघर्ष, सच्चाई, साहस और समन्वय के पाठ पढ़ाते खेल।

यह थे 'इटोन' के खेल के ही मैदान;
की थी जिन्होंने 'वाटरलू' में विजयश्री प्रदान।

खेल इतिहास में क्यों जुड़ रहा अवांछित अध्याय?
क्यों बन रहा खेलतन्त्र आज प्रपंच का पर्याय?

क्रीड़ाओं के कुसुमित-कानन में अति भाता क्रिकेट का फूल,
दे रहा पीड़ा अपने प्रेमियों को, बन कर हृदय-शूल।

खेल-गरिमा का वसन चीर; लक्ष्मी-लिप्सा से अधीर,
दलदल में विनाश के, धंस रहे देश के क्रिकेटवीर।

क्रिकेट के छल ने पहुँचाया है असीम आघात,
मानो अंकुरित आशाओं पर हो जाये तुषारापात।

पैसे से ही विजय है, पैसे से पराजय है,
क्रिकेट में अब खेल कहाँ पैसे का साम्राज्य है।

सोचो कैसे रूकेगा क्रिकेट का उच्छवसित उन्माद,
व्यथित होता है हृदय, देख होते पैसा बर्बाद।

सोच कर ही बर्नाड शॉ ने किया होगा प्रगट विचार;
"बाइस मूर्ख खेलते हैं और देखते मूर्ख बाइस हज़ार।"

क्यों ना गायें हम देसी खेलों के गौरव-गान!
क्यों ना दें राष्ट्रीय-खेल को शीशफूल सा सम्मान!

हे भारत के अपराजित मच्छर महान!

अस्तित्व मिटाने को तेरा,

बना विभिन्न युक्तियों का घेरा,

हुए असफल ना जाने कितने अभियान!

शत्रृ – शत्रृ नमन तेरी जिजीविषा को

हे भारत के मच्छर महान!

आरक्षण के दलदल में आज उलझ रहा है देश।

कर्म से अपने दे रहे तुम समता का सन्देश।

वितरित करते प्रसाद दंश का, सबको एक समान।

स्नेहपात्र एक से तुम्हारे, हिन्दू, सिख, ईसाई, मुसलमान।

विकास पथ पर अग्रसर मानव, हो रहा रसहीन।

संचारित करते संगीत सरसता, बजाकर अपनी बीन।

उन्मीलित आँखों से देखें, तो हो जायेगा ज्ञान,

सुर और संघर्ष का सम्मिलन हो, तुम नन्हीं सी जान।

तुम्हारीं देन "डेंगू" का भय छाया हर मन।

धुन पर तुम्हारी स्वास्थ्य विभाग, करता उन्मत नर्तन।

तुम "लघुता में प्रभुता" के प्रखर प्रकाशन।

आनन्दित घूमते लिए अमरता का दिव्य आश्वासन।

बड़ाई तुमने विश्व में भारत की शान।

स्वास्थ्य तुम्हारा देखकर डब्लू.एच.ओ. हुआ हैरान।

निःसंदेह शोणित भारतीयों का है ऊर्जावान,

जिससे पोषित हो तुम हुये अत्यन्त बलवान।

मन से होली मनायें

उतार फेंक उदासी का आवरण,
करें नव आनन्द का जागरण।

भागते जीवन से कुछ समय चुरायें,
आओं, हम उमंग से होली मनायें।

बजें ढोल, मंजीर, ढफली और मृदंग,
हास-परिहास के संग, छिड़कें प्यार से रंग।

लोक-गीतों के सुरीले स्वरों में डूब जायें,
खुल-कर नाचे गायें, नफरत की होलिका जलायें।

भौतिकता की भेंट चढ़ रहें, त्यौहारों के रंग,
कहाँ रहे अब पहले जैसे होली के हुड़दंग।

नृत्य-नाटिका, व्यंग और स्वांग,
मस्ती से झूमना पीकर भाँग।

बड़ी मनमोहक होती थी होली की बहार,
मिश्री जैसी गालियों के संग रंगों की बौछार।

प्रयास करें जड़ें संस्कृति की न सूखने पायें,
प्रसून परस्पर प्रेम के सदा खिलते जायें।

भविष्य की चिंता में क्यूँ वर्तमान भुलायें,
तोड़ सब वर्जनाएँ, मस्ती से होली मनायें।

मौन

मौन असीम ऊर्जा का कोष है,
योगी-मस्तक पर छाया परितोष है।

मत समझों कि मौन में नहीं जोश है,
मौन क्रान्ति का पूर्व-उद्घोष है।

मौन मं अवसित है कर्कश नाद,
मौन है शब्दहीन मधुर संवाद।

मौन में अंतर्निहित है व्यथा,
अनकही, अनसुनी, अप्रकाशित कथा।

शब्द-दासता से रिक्त; सजीव संवेदना से सिक्त,
अद्भुत मौन की भाषा, नहीं सरल है जिसकी परिभाषा।

अनुभूति से जोड़ती; अंतःकरण से अंतःकरण,
मौन की भाषा का नहीं है कोई व्याकरण।

वेग से सीधे अन्तर्मन के पट खोलता है,
निरीह से लगते शब्द, जब मौन बोलता हैं।

आशा

(स्तुति गान)

तुम्हारे उर्जित साथ का आभास,
उर में भर जाता अनुपम उल्लास।

मन करता नृत्य बन मुदित मयूर,
वेदना-विहग उड़ जाता दूर।

टूटते जब प्रयास-पत्ते और सूखने लगता साहस-उपवन,
पंख लगाकर कल्पनाओं को, तुम भरती जीवन में नवयौवन।

कठिनाइयों के कोहरे से तुम निकलती कोमल धूप,
सहलाती सर्द-सम्वेदना को तुम प्रेरणा का प्रतिरूप।

काले जलधर देख, हर्षित हलधर की तुम मुस्कान,
अन्तर्निहित तुम चातक-स्वर में जब गाता वह वर्षा-गान।

संचालित तुम्हीं से अखिल विश्व का उर-स्पन्दन,
हे अनश्वर आस! तेरा अनवरत अभिनन्दन।

वर्तमान

कालचक्र का विवर्तन,
बदलता जीवन मंच के दृश्य।
नियम है प्रकृति का परिवर्तन,
मानते वर्तमान, भूत और भविष्य।

कर पदाघात अरि-अतीत के वक्ष पर,
करें वर्तमान का उल्लसित आलिंगन।
बहुत चले पुरातन पथ पर,
खोलें नव-पथ का अब अवगुंठन।

जीवित है अब वर्तमान,
अंत अतीत का हो गया है।
क्यों व्यथित हो करें उसका ध्यान,
जो काल शून्यता में खो गया है।

शिरोधार्य है वर्तमान पर,
काल-नृप का सुन्दर ताज।
"कल" सुनहरा हो सकता है पर,
जीवन का यथार्थ है आज।

चेतना को प्रदर्शित करता,

प्रवाह है इसकी पहचान।

गर्भ में अपने रचता रहता,

चित्र भविष्य का वर्तमान।

समस्याओं के बीहड़ वन में

समस्याओं के बीहड़ वन में
महंगाई और निर्धनता का अभिशाप लिये,
व्यथित, भ्रमित जनता
है भटक रही राह की खोज में।
झाड़ियाँ, कांटे, वनैला-गर्जन,
उलझन, अड़चन ऐटमी सिहरन।
फैलता है जन-आक्रोश,
उठता कष्ट निवारण का जोश।
गगन गुंज्जित नारों की गूंज में,
है नेता, जन्म लेता।

परन्तु
सुनहरी सपनों की झलक दिखाकर,
वाणी से अपनी, सुधा सी बरसाकर,
समस्याओं के कांटों से आँचल बचाकर,
पर-श्रम से स्व-पथ प्रशस्त करा कर,
है चल देता, एक ओर नेता,
और जनता?
रहती है भटकती,
समस्याओं के बीहड़ वन में,
किसी अन्य नेता की खोज में।

लूट

करदाता के पैसे की खूब मची है लूट,
जितना लूटना है, लूट सके तो लूट।

कुछ प्रहरी सो रहे हैं, कुछ से तेरी यारी,
नेलसन-आँख से देखेंगे, तेरी कारगुजारी।

अंकुश में है आम करदाता, अल्पबुद्धि और निर्बल,
तुम अंकुश-रहित, चतुर सम्पन्न और सबल।

सरकती दण्ड प्रक्रिया, शून्यता में खो जायेगी,
विलासता में तेरे कभी कोई कमी नहीं आयेगी।

निरर्थक होगी हलचल, निष्फल होगा कोलाहल,
आम आदमी की नियति पीना है हलाहल।

1984 का न्याय

जब पथराने लगें प्रतीक्षा के नयन,
अनंत कथा बन जाये पीड़ा गहन,

तब न्याय मिले तो वह न्याय नहीं होता है,
विलम्ब से मिला न्याय, अन्याय होता है।

गले में जलते टायर, हृदय-विदारक चीखें,
मूक पुलिस, विलुप्त मानवता की सीखें।

हिंसा, आगजनी और लूटपाट का तांडव नृत्य,
मानवता को लज्जित करते, दानवता के कृत्य।

न्याय कछुए की चाल से चलता रहा,
जो कुछ हो सकता था, करता रहा।

सरकारें आती रहीं, सरकारें जाती रहीं,
फल-रहित संवेदना को दर्शाती रहीं।

एक निर्दोष समुदाय के प्रति अपराध कम न था,
मगर शायद वोटों की संख्या में दम न था।

दोषियों को मिलता रहा मान सम्मान,
नही है न्याय की राह अभी भी आसान।

[89]

कसाब का तो शीघ्र ही हो गया हिसाब,
देखना है कब दण्डित होते हैं देसी कसाब।

तुम्हारी आँखों में

कुछ उमड़ते तूफान तुम्हारी आँखों में,
सुनहरी सपनों के कोमल अंकुरों पर,
दुःखों का तुषार तुम्हारी आँखों में।

अंधेरी रात में जैसे बिजली सी कौंध जाती है,
छेड़ दे तार दुःखी हृदय की वीणा के जैसे कोई,
अदृश्य हाथों से स्मृति-पट खोल दे कोई जैसे,
बीते कल की याद आती है।

ओ शीतल पवन! मत छुओ इन कोमल गालों को,
खो दोगे शीतलता वेदना के ताप से।

कैसे निहारूं इन आँखों की मनोहरता,
कुछ उमड़ते तूफान तुम्हारी आँखों में।

आदर्श वरिष्ठ नागरिक

दुर्बल दीप-शिखा नहीं, प्रबल प्रज्जवलित मशाल हूँ।
वय के वक्ष पर लगा, प्रश्नचिन्ह लाल हूँ।।

आंको नहीं केवल आकृति से, अनुभव का भण्डार हूँ।
भूत के गर्भ में अवसित, भविष्य का आधार हूँ।।

अनुशासन तप से अर्जित तना हुआ है तन।
आलोड़ित ऊर्जा से आशा की, उत्साहित है मन।।

नहीं समझो भूत का अवशेष हूँ, नवक्रान्ति का उन्मेष हूँ।
नई पीढ़ी को दे रहा, संस्कृति का सन्देश हूँ।।

जीवन प्रवाह पर आयु के अंकुश को नहीं जानता हूँ।
बढ़ते रहना है अनवरत, यह मन्त्र मानता हूँ।।

जीवन-पर्यन्त जग से बहुत कुछ पाया है।
कुछ अंश लौटाने का, उचित अवसर आया है।।

झेल रहा हो देश जब, अव्यवस्था का दंश।
क्यों ना बनूँ सुधार का एक सशक्त अंश।।

क्यों न सामाजिक विकास के नये कीर्तिमान बनाऊँ!
उपेक्षित असहायों के जीवन में कुछ अन्तर लाऊँ!

साँझ

ढलता यौवन लिये, थका दिन कर रहा गमन।
धुंधली चादर ओढ़े, रात का हो रहा आगमन।।

खेतों पर सूरज की, छाई है लालिमा।
तत्पर है रात्रि फैलाने को कालिमा।।

हो रहा है दुर्बल, जीवन का शोर।
चल पड़े हैं जीव, घर की ओर।।

दिनभर जीवन खूब खेला है।
दे रही विश्राम साँझ की बेला है।

जीवन-संगीत का, सुरीला अवरोह है साँझ।
जीवन-दिन के अनुभवों का, समारोह है साँझ।।

नरक-विस्तार

कई दिनों से प्रभु नरक को लेकर चल रहे थे परेशान,
इतना नहीं था नरक में स्थान, जितने आ रहे थे इन्सान।

आने वालों की बढ़ती भीड़ से व्यवस्था थी ऐसी गड़बड़ाई,
नये नरकवासियों के दीवारों पर बैठने की नौबत थी आई।

कुछ पर था स्वर्ग में सेंध की कोशिश का भी दोष,
और इस पर राजा इन्द्र ने प्रकट किया था प्रखर रोष।

यह मामला यम-अदालत में आगे नहीं था बढ़ पाया,
कई थे वकील नरक से, स्वर्ग से एक भी नहीं था आया,
अंत में प्रभु ने मध्यस्था से स्वयं था इसे सुलझाया।

देखकर गम्भीर हालात, प्रभु ने किया गहन विचार,
निष्कर्ष निकाला कि नरक का करना होगा विस्तार।

सचिव से बोले, "स्वर्ग से एक अनुभवी ठेकेदार बुलवाओ,
इस विषय में इन्द्र को शीघ्र ही विशेष सन्देश भिजवाओ।"

सचिव बोले, "प्रभु! कृपया अपने आदेश पर करें पुनर्विचार,
सूचना अनुसार स्वर्ग में नहीं है कोई बिल्डर या ठेकेदार।"

प्रभु बोले, "नहीं है कोई विकल्प तो नरक से बुलवाओ,
पर काम देने से पहले एक बार मुझसे मिलवाओ।"

नरक से जो आया सरकारी ठेकेदार, वह था अति अनुभवी और होशियार,
बिना मैटीरियल और मजदूरों के भी कर चुका था कई भवन तैयार।

प्रभु ने उत्सुकता से पूछा, "कैसे करते थे यह चमत्कार?
ठेकेदार बोला, "बस बजट-बाँट ही था इसका आधार"

जब पचहत्तर प्रतिशत बजट अधिकारियों की जेब में आता था,
तब कागज़ों में ही भवन बनकर तैयार हो जाता था।

अगर मुझे पच्चीस प्रतिशत अलग से मिलेगा तो अच्छे भवन बन जायेंगे,
वरना प्रभु! मैं कह नहीं सकता कि वह कब गिर जायेंगे।"

प्रभु ने कहा, "निश्चिन्त रहो! तुम्हारी शर्त पूरी कर दी जाएगी,
पर एक भी बिल्डिंग गिरी तो तुम्हारी नरक-अवधि बढ़ जाएगी।"

www.ingramcontent.com/pod-product-compliance
Lightning Source LLC
LaVergne TN
LVHW020053210726
843507LV00015B/1846